Pablo und Louisa

- eine Geschichte über die Liebe -

*- für Gerda L. -*

*c.f.*

Herstellung und Verlag:
BoD - Books on Demand, Norderstedt
ISBN 978-3-7322-8007-0

❀

Der Regen brachte Dunkelheit und Kälte. Der junge Hirte hatte den Mantel fest um den Körper gespannt, der große Olivenbaum, unter dem er stand, gewährte ihm nur wenig Schutz. Seine Schafe drängten die Leiber aneinander, die Kälber krochen unter ihre Mütter und die Böcke starrten ins Leere. Die Monate des Regens waren fast vorüber und Pablo sehnte sich nach dem trockenen, kräftigen Grün des Frühlings, das in der Sonne glänzte. In der Ferne erkannte er Louisa. Mit schnellen Schritten erklomm sie den Hügel, doch waren ihre Bewegungen heute unruhig, ein wenig steif, dachte Pablo bei sich.

Der Regen wurde stärker und lief über das Gesicht des jungen Hirten, als er die Hände nach Louisa ausstreckte. Sie berührte nur kurz seine Finger und vergrub die Hände dann in den eigenen Taschen. Er wusste, dass die plötzliche Kälte in ihm nicht von außen kam.

- Ich werde in die Stadt gehen, Pablo. Die Frau eines Hirten zu sein, das ist nicht das, was ich mir erträumt hatte. Ein Wanderer ist ins Dorf gekommen. Ich werde ihn begleiten. -

Pablo beobachtete, wie sich ihre Silhouette in der Dunkelheit verlor und spürte die Wärme der Liebe, die er für sie empfand.

Die Tage wurden länger, die Wolken zogen weiter und Pablo trieb die Schafe in die grünen Täler, verweilte stets drei Tage und drei Nächte und ging dann weiter, hinauf in die Berge, bis seine Füße beinahe im Schnee steckten. Oft war er hier mit Louisa gegangen. Sie hatten im hohen Gras unter dem klaren Himmel gelegen, die Fische in den Seen gezählt und waren in die Kronen der Bäume gestiegen. Pablo wusste, dass sie zu ihm gehörte. Der Sommer war trocken, die Sonne brannte heiß und als er die Schafe am Fluss rasten ließ und sein Spiegelbild auf der Oberfläche verschwamm, entschied er, in die Stadt zu gehen, zu Louisa.

＊

So kam es, dass der junge Hirte eines Winters Pflastersteine unter den Sohlen spürte. Mächtige Automobile ließen das Wasser der Pfützen tanzen und feine Damen und Herren stolzierten in Pelzen durch die Straßen. Pablo zog eine Karte aus der Tasche. Er wendete das steife Papier, spielte damit in den Händen und ließ dann seine Blicke über die Worte von Louisa gleiten.

- Lieber Pablo, - hatte sie geschrieben

- das Leben in der Stadt ist aufregend. Die Menschen hier sind elegant und beherrschen lange, kluge Worte. Ich wohne in dem einzig roten Haus. Es ist prächtig. In Liebe, Louisa. -

Pablo strich mit den Fingern über die Zeilen, steckte sie zurück in den Mantel und lief durch die Straßen. Er studierte die Farben der Häuser, die unter den Wolken stumm und schwer wirkten. Als das rote Haus am Ende einer Straße erschien, wurden seine Schritte langsamer. Blaues Holz umrahmte die polierten Gläser und ließ das Rot erstrahlen. Er läutete, doch Louisa war nicht zuhause. Ein Nachbar zeigte auf ein großes Schild, ein Lokal, in dem er sie wohl finden sollte.

Louisa saß in feiner Robe auf weichen Polstern hinter der Scheibe und griff nach einem Glas. Pablo blieb stehen und schluckte. In seinen Ohren klang das Lachen der Liebe. Er straffte den Mantel und trat ins Warme. Edle Kronleuchter erhellten den Raum, weiße Decken waren über die Tische geworfen und dicke Fässer voller Wein zierten gestapelt die Wände. Noch ehe er den Mantel geöffnet hatte, trafen sich ihre Blicke. Louisa verharrte, tupfte sich mit einem Tuch den Mund und erhob sich. Ihr Haar lag sanft auf ihren Schultern und um den Hals trug sie ein großes Medaillon, das im Schein des Lichtes golden schimmerte. Ihre Schritte waren fest und ruhig, das Kleid aus grüner Seide hing stolz an ihrem Leib.

Pablo griff nach ihrer Hand. Louisa berührte nur kurz seine Finger und zog sie dann zurück. Sie schwiegen.

- Du bist hier. - sprach sie und sah an ihm herab.

Ihre Augen waren dunkel und hart, Pablo vermochte sie nicht zu lesen. Er hörte sein Herz laut klopfen und die Hitze der langen Kleider war ihm gerade kaum noch erträglich, als plötzlich Louisas Begleiter zu ihnen trat.

- Du hast ein zu gutes Herz, meine Liebste. Gib' dem Streuner ein paar Groschen und lass' uns weiter speisen. - sprach er knapp und kehrte mit langen Schritten zum Tisch zurück. Louisa schoss das Rot in die Wangen, das eben noch vor Stolz glänzende grüne Kleid warf nun lange Falten.

- Ist es das, wonach es dir beliebt? - fragte Pablo.

Louisa hob den Kopf und sah ihn schweigend an. Pablo tippte sich kurz an den Hut und verließ das Lokal. Der Regen ging in Schnee über. Große weiße Flocken verschwanden im Schlamm, Kinder streckten die Arme in die Luft und Mütter zogen sie hektisch weiter.

Pablo blickte in die Scheibe und griff sich an den Bart. Tropfen fielen dabei auf seinen Mantel und vermischten sich mit Dreck und Staub.


So kam es, dass Pablo begann, weitere Tiere zu kaufen und die Schafe zu scheren, um die Wolle dann zu färben und in die Städte zu fahren. Drei Sommer und drei Winter arbeitete er hart, das Lachen Louisas im Herzen. Er trieb die Schafe in noch grünere Täler und hoch bis in den Schnee. Es kamen viele Männer, die mit ihm Handel treiben wollten. Pablo wählte besonnen und stellte schließlich Hirten an, die ihm zur Hand gingen.

Auf einem grünen Hügel baute er ein Haus, groß, rot und prächtig. Er legte Steine für Automobile in die Auffahrt, damit der Staub in der Erde blieb und ließ den Garten mit Blumen schmücken. Schließlich stutzte er Bart und Haar, verbrannte seinen Mantel und zog Kleider über, wie er es in der Stadt gesehen hatte.

Claudius, sein Nachbar und Freund, bewohnte das Haus dreitausend Fuß entfernt und fuhr Pablo zu Louisa. Sie sah durch das Fenster, als er aus dem Auto stieg, die Sonne warf lange Schatten auf die Straße. Pablo trat zur Tür. Das Läuten der Klingel hallte durch das ganze Haus. Köpfe wurden aus den Fenstern gestreckt, Gespräche verstummten und Blicke wurden getauscht.

Er wartete. Die Zeit stand still. Die Sonne brannte

ihm in den Nacken, doch er rührte sich nicht. Er hörte ihre Schritte auf den Dielen, er glaubte ihren Duft riechen zu können. Louisa zog die Tür auf. Sie trug ein blaues Kleid, das ihre Hüften eng umschlang. Das Braun ihres Haares glänzte und das Blau ihrer Augen drang tief in Pablos Herz. Er griff nach ihren Händen. Louisa berührte kurz seine Finger und legte dann ihre Hände in die Seinen.

Pablo führte Louisa die Einfahrt hinauf und hielt kurz inne. Das Weiß und Rot der Blüten strahlte unter dem weiten Blau des Himmels. Die akkurat verputzten Mauern strotzten vor Stärke und Hoffnung. Hoffnung, dass Louisa bei ihm bleiben würde.

So standen sie lange. Louisas Augen glänzten, dann drückte sie kurz Pablos Hand, nahm ihr Kleid am Saum und lief den Weg hinauf zum Haus. Sie ergötzte sich an den blitzenden Marmorböden, den eleganten Kronleuchtern und den weichen Polstern. Schließlich küsste Louisa Pablo und gemeinsam tanzten sie durch das Haus bis in den Morgen.

✿

So kam es, dass Louisa Pablo zum Mann nahm. Die Tage verbrachte er auf den Wiesen mit den Schafen, abends schlüpfte er in feine Kleidung und tanzte mit Louisa auf Bällen und Festen in der Stadt. Seine Liebe trug er in sich und dankte dafür jeden Tag.

Die Jahre gingen ins Land, Louisa gebar einen Sohn und eine Tochter. Die Kinder wuchsen heran im roten, prächtigen Haus mit den weißen und roten Blüten im Garten. Julian kam nach dem Vater, Marie glich der Mutter. Als die Tochter gerade dreizehn Jahre zählte, nahm Louisa sie mit zu Tanzabenden und in gute Lokale. Sie besaß die Schönheit ihrer Mutter und die Augen des Vaters. Marie machte den Jünglingen schöne Augen und Julian geriet nicht selten in eine Rauferei, um die Ehre der Schwester zu wahren.
Julian dagegen ritt nach der Schule zum Vater hinaus in die Täler und half beim Gebären und Scheren der Schafe.
- Vater, Mutter ist so anders als du, -

sagte Julian eines Tages.

- was ist die Liebe? -

Pablo setzte sich zu seinem Sohn unter einen großen Olivenbaum. Die Schatten der Berge krochen langsam die Hügel hinauf, ein zartes Rot umhüllte die Sonne und hinterließ einen blassen Streifen am Horizont.

- Die Liebe? - wiederholte Pablo und dachte lange nach, bevor er sprach

- Wenn du die Liebe in dir trägst, ist dir immer warm. Sie ist das größte Geschenk, das du erhalten kannst. -

Es kam, dass Louisa nun jeden Abend ausging. Pablo ließ sie gewähren, setzte sich an den Kamin und lauschte ihrem Lachen, das er in sich hörte.

Jeden Morgen kam sie nach Hause, den Kopf voller Wein. Pablo trug sie die Stufen hinauf und deckte sie zu. Das Strahlen in ihren Augen war erloschen, doch die Wärme in Pablos Herzen blieb.

Eines Tages beschloss Louisa, die Kinder fortzuschicken.

- Ihr müsst noch viel lernen. - rief sie ihnen nach, als Julian und Marie die Auffahrt hinunter fuhren und ihre traurigen Gesichter gegen die Scheibe pressten.

Pablo vermisste schon bald das Kindergeschrei in den langen Fluren. Louisa kam kaum noch nach Hause. Wenn sie über die Schwelle trat, bereitete ihr Pablo stets einen Tee und hüllte sie dann in eine Decke, damit die Kälte der Nacht aus ihren Gliedern weichen konnte.

- Du Narr. - sprach sie eines Abends.

Ihre Stimme klang rostig vom Wein. Ihr Haar war elegant nach oben gesteckt und das Rosa ihres Kleides schimmerte im Kerzenschein. Pablo blickte sie an.

- Du Narr! - rief sie erneut und geriet in Rage.

- Liebestoll trägst du mich auf Händen! -

Louisa schwankte umher und suchte an den Wänden nach Halt.

- Du trägst eine Hure auf Händen. - sprach sie weiter, dann verlor sie das Bewusstsein.

Zwei Tage und Nächte saß Pablo am Bett von Louisa, dann schlug sie die Augen auf. Der Schnee glitzerte in der Sonne und das Blau des Himmels ließ den Frühling erahnen.

- Du bist hier. - flüsterte Louisa.

Pablo griff nach ihren Händen. Louisa berührte kurz seine Finger und legte dann ihre Hände in die Seinen.

- Ich bin hier. - sprach Pablo und tupfte Louisa den Schweiß von der Stirn.

✻

Der Frühling ging, der Sommer kam und als die ersten Blätter zu Boden fielen, erfreute sich Louisa wieder des Lebens. Sie tanzten gemeinsam durch die Nächte, tranken Wein und lachten dem Morgen entgegen. Pablo störte sich an den Blicken anderer nicht. Blicke, die sie neugierig und spöttisch beobachteten, Blicke, die sich in Mitleid tränkten und Blicke, die sich in seinen Rücken bohrten.

Das Strahlen kehrte in Louisas Augen zurück, sie reisten durchs Land und besuchten die Kinder. Julian war gut geraten, er hatte die Größe und das Gemüt seines Vaters. Marie war von unglaublicher Schönheit, die jungen Männer um sie herum verloren beinahe den Verstand. Pablo hätte sie gerne zurückgeholt, doch Louisa beharrte darauf, dass sie das Schuljahr noch zu Ende brachten.

So kam es, dass sie alleine die Auffahrt herunter fuhren, die enttäuschten Gesichter der Kinder im Herzen.

Der Winter war lang und hart. Viele Schafe starben und als der Frost dann endlich wich, wollte Mutter Erde nicht recht gedeihen. Der Regen blieb aus, die Täler waren blass und der Wind blies das letzte Weiß der Blüten fort. Es war ein schlechtes Jahr für den Handel und Louisa erträkte ihren Kummer in Wein. Sie verbrachte die Nächte in der Stadt und schlief die Tage im Haus, allein und einsam. Pablo entließ die Männer und musste wieder selbst mit den Schafen umherziehen.

Im Herbst trieb er die Schafe wieder zurück zum Hügel und betrat das Haus. Im Kamin lag kalte Asche, die Luft war stickig und die Marmorböden waren mit Schmutz bedeckt.

Louisa kam die Stufen herab, sein Herz war warm vor Liebe. Das Nachthemd fiel glanzlos an ihr herab, ihr Haar war spröde und trocken und ihr Blick war leer. Pablo griff nach ihren Händen. Sie berührte nur kurz seine Finger und zog ihre Hände dann fort.

- Wie kannst du mich lieben? - sprach sie leise.

- Die Liebe kam zu mir, als wir unter dem großen Olivenbaum saßen. - antwortete Pablo.

Louisa lachte bitter auf.

- Wir waren halbe Kinder! -

- Die Liebe kennt keine Zeit. - erwiderte er.

- Du liebestoller Narr! - rief Louisa, griff nach ihrem Mantel und rannte davon.

Fünf Tage und fünf Nächte wartete Pablo, bis Claudius, der Nachbar, kam. Pablo schenkte ihnen ein und brachte frisches Brot.

Er erfuhr, dass Louisa in die Stadt gegangen war.

- Dort kennt sie die Menschen. Sie sind gut zu ihr. - erzählte der Nachbar.

Pablo beobachtete das Zucken seiner Lider und seine

unruhige Hand. Sie sprachen über diese und jene Dinge, während der Mond langsam am Fenster vorüber glitt. Sie hatten viel getrunken, ihre Augen starrten ins Feuer des Kamins, als Claudius sprach

- Begehrst du deshalb ihr Fleisch, weil du sie nicht besitzen kannst? -

- Die Liebe will nicht besitzen. - entgegnete Pablo und streckte die Glieder.

Claudius wippte hektisch mit den Beinen. Viele Gedanken kreisten in seinem Kopf.

- Des Abends schlüpfst du in festliche Kleider und spielst den feinen Herr für sie! -

stieß der Freund hervor.

- Braucht es eine Komödie, um geliebt zu werden?! - Claudius war in Rage.

Im Schein des Feuers wirkte das Gesicht des Nachbarn verzerrt, als schmerzten ihn die eigenen Worte.

- Lieber Freund, - begann Pablo,

- muss man in der Liebe feilschen? Ich gebe, was ich gebe, es sind keine Opfer. -

Entsetzt sprang Claudius auf. Er wankte kurz und als er den Boden unter den Füßen wieder als sicher empfand, rief er bestürzt

- Sie setzt dir Hörner auf und du sprichst von
Liebe?! -


Die Tage vergingen und Louisa blieb fort. Die Sonne
trieb den Schnee in die Erde und erste Knospen traten
an den braunen Ästen der alten Bäume hervor. Pablo
führte die Schafe ins Freie, prüfte die Felle der alten
und die Bäuche der trächtigen, um sie dann ins Tal zu
bringen.

Die Liebe zu Louisa wärmte sein Herz, doch die Wor-
te des Freundes hämmerten schmerzhaft in seinem
Kopf. Mit hängenden Schultern suchte er Halt in der
Weite, lief mit den Schafen Tag um Tag, Nacht um
Nacht. Die Abende saß er am Feuer, stierte in den
Schein und hörte noch immer den Nachbarn, auf-
gebracht und rasend.

✻

So kam es, dass Pablo in der Ferne verweilte, bis der Schnee zurück in die Täler kroch. Das Haus, welches einst prächtig strahlte, wirkte nun alt und verlassen. Das Rot in den Gärten war längst verdorrt. Pablo schritt über die Steine, die in der Einfahrt lagen, spürte deren Härte und Unnachgiebigkeit und trat über die Schwelle. Im Kamin brannte Feuer. Pablos Herz stockte. Louisa saß im weichen Polster, die Arme um die Beine geschlungen und blickte ihn mit großen Augen an. Pablo klopfte sich den Dreck aus den Kleidern und ging zu ihr. Er griff nach Louisas Händen. Sie berührte kurz seine Finger und legte ihre Hände dann in die Seinen. Pablo betrachtete sie. Das Haar lag schlaff auf den Schultern und ihre Lider wirkten schwer, doch die Liebe, die er spürte, war rein und voller Wärme. So saßen sie beieinander, bis ihn wieder die Worte des Nachbarn zu überwältigen drohten. Also fragte Pablo

- Liebst du mich? -

Das Holz im Kamin krachte und Louisa zuckte

zusammen. Sie schwieg lange, bevor sich ihre Lippen bewegten.

- Ist Freundschaft nicht mehr wert als Liebe? Beständiger? Wenn die Leidenschaft erlischt und die Seele sich nach Nähe sehnt, brauchen wir dann nicht die Freundschaft, um dem Fluch des Alltäglichen zu entkommen, der uns mürbe macht? -

- Alltäglichkeit? - fragte Pablo.

Er richtete sich auf, trat zum Feuer und folgte mit den Augen dem Tanzen der Flammen. Dann sprach er

- Du schenkst mir einen Blick, nur einen, gehst dann weiter deiner Wege und es ist, als ob die Welt lebendiger und farbenfroher wirkt als eben noch. Das Gefühl der Liebe ist nicht zu greifen, es ist grenzenlos und dein Lachen ist mir das liebste Geräusch. Es lässt mich wissen, warum ich lebe und die Wärme in mir geleitet mich durch die kältesten Täler meines Lebens. Wenn ich dein Lachen in mir trage, gibt es keine Alltäglichkeit. Eine Freundschaft überdauert alles, auch das Leben. Doch die Liebe überdauert nicht, sie *ist* Leben. -

- Und der Schmerz, Pablo? Was ist mit dem Schmerz,

wenn die Liebe vorbei geht? Jede Frage schmückst du mit hübschen Worten, doch der Schmerz, was ist mit dem?! -

Louisa war aufgesprungen, ihre Stimme bebte, die Hände hielt sie vor Zorn geballt.

- Wenn die Liebe vorbei geht? - murmelte Pablo und blickte Louisa ratlos an.

- Die Liebe kann vorbei gehen, am Herz, an der Seele, am Menschen. Aber nur am verschlossenen Herz. Lass' die Liebe in dein Herz, dann wird sie nicht vorbei gehen. -

Die Schwere ihres Atems klang wie Donner in Pablos Ohren. Louisa stand still und steif, die Augen voller Misstrauen und Argwohn.


So lebten sie weiter, Seite an Seite. Louisa grub eine Kluft zwischen ihnen und Pablo wartete still, mit der Wärme eines Liebenden im Leib.

Doch der Zorn in ihren Augen wollte nicht weichen. Mit harten Schritten schritt sie durch das Haus, ließ die Teller auf den Tischen klirren und schrubbte die Kleider, bis der Stoff die Farbe verlor.

- Ich verlasse dich! -

Den Koffer in der Rechten, stand Louisa an einem kühlen Morgen aufrecht in der Küche. Pablo rieb sich die müden Augen und nahm einen Schluck Tee.

- Ich halte es nicht aus mit dir! Dein Großmut, deine Güte, deine Liebe. Es macht mich krank! -

Wie Pfeile schossen ihre Worte umher, die ihr Ziel treffen wollten. Pablo schwieg.

- Hörst du?! Ich verlasse dich! -

Er nickte schwach und hielt die Tasse fest umschlossen.

- Jeder Blick, jede Geste von dir ist so voller Liebe, dass ich meine Verdorbenheit wie Peitschenhiebe spüre. Die Liebe, die Liebe! Es ist genug mit der Liebe! -

Sie schrie und weinte. Pablo stand auf und griff nach ihren Händen. Sie berührte nur kurz seine Finger, zog sie dann zurück und rannte davon.

Pablo starrte durch die offene Tür. Die Sonne zog ihrer Wege, die Erde drehte sich weiter, die Schatten unter den Bäumen weiteten sich und zogen sich wieder zusammen. Doch in Pablo stand alles still. Er wusste in diesem Augenblick, dass Louisa nicht mehr in dieses Haus  zurückkehren würde, dass ihr Lachen nie mehr durch diese Mauern hallen und dass sie nicht mehr gemeinsam bis in den Morgen über die frisch polierten Marmorböden tanzen würden.

Pablo trat hinaus. Eine unruhige Brise ließ die Blätter in den Bäumen zucken. Das schwache Blöken der Schafe, was ihm einst Freude und Frieden brachte, glitt an seinem Herzen vorbei. Er setzte sich schweigend auf die Stufen, schmeckte das Salz der Tränen auf den Lippen und fragte sich, ob die Menschen Recht hatten mit dem, was sie über die Liebe glaubten. Die Wärme der Liebe pochte noch immer in seinem Herzen, doch war sie in diesem Moment nicht rein, sondern verzerrt von dem Glauben und den Urteilen der Menschen um ihn.

❀

Pablo verkaufte das Haus, schickte Louisa ein gutes Vermögen und holte die Kinder aus der fernen Schule. Marie ging zur Mutter in die Stadt und Julian zog mit seinem Vater und den Schafen in die Berge. Die Tage waren lang und warm, die Nächte mild und klar. In den Bächen fingen sie Fisch und brieten ihn am Abend im Feuer. Julian zeigte sich als guter Jäger. Die Beute war groß, so dass sie Fische zum Trocknen hängten.

So kam es, dass sich Vater und Sohn gut kennenlernten. Sie sprachen über allerhand Dinge und auch über die Liebe.

- Vater, - sprach Julian eines Tages

- warum treibst du keinen Handel mehr? -

Sie saßen eng beieinander, die Hände in den Taschen vergraben. Pablo winkte ab und schwieg.

- Stimmt es, - fragte Julian weiter

- dass du alles nur für Mutter getan hast? -

Der Sohn wippte unruhig vor und zurück, die Neugier brannte in ihm wie Feuer. Pablo dachte lange nach, bevor er antwortete

- Ich hoffte, dass Raum für die Liebe wäre, wenn sie alles hat, was sie zu brauchen glaubte. Sie musste sich nicht mehr um Formen scheren. Doch nun weiß ich, dass das Außen das Innere nicht öffnen kann und dass die Liebe sich im Außen nicht findet. -

Der Sommer verging und als Pablo mit seinem Sohn die Schafe zurückgetrieben hatte, fanden sie eine Bleibe für den Winter. Es war der Stall des Freundes Claudius. Die Tage wurden kälter, der Wein in den Schenken heißer und die Gemüter der Männer hitziger.

So kam es, dass Pablo eines abends in der Schenke am Tresen saß und dem Tratsch und Kartenspiel der Männer lauschte. Der heiße Wein ließ seinen Kopf glühen. Sieben Tische fasste das Lokal, das Licht schien matt durch den Raum und Rauch lag wie ein Schleier in der Luft. Plötzlich erhob sich ein großer, breiter Bursche und trat zu Pablo. Die Gespräche verstummten.

- Wo ist deine Hure geblieben? - fragte er spöttisch.

Sein Grinsen entblößte Lücken zwischen den Zähnen.

- Louisa lebt in der Stadt. - erwiderte Pablo ruhig und drehte sich zu seinem Gegenüber.

- Louisa? Bei uns heißt sie nur *Hure*. - Ein tiefes Grunzen drang aus seiner Kehle. Pablo stand auf und ging zur Tür.

- Du armer Narr. Du glaubst wahrhaftig an die Liebe. Du glaubst, sie hat dich geliebt. Du glaubst, du hast sie geliebt! - Die Stimme des Burschen bebte, seine Augen waren weit aufgerissen und als er Pablo zur Tür folgte, hatte er Mühe, den festen Schritt zu finden. Mit seiner Pranke packte er Pablo bei der Schulter und zog ihn zurück. Plötzlich sprach er leise weiter

- Wie hältst du das aus, Pablo? Schmerzt es dich nicht? -

- Ich halte nichts aus. -

widersprach Pablo und befreite sich aus dem Griff.

- Ich nehme an, was ist, ohne ein Urteil zu fällen. Es ist euer eigen Urteil über das, was ist oder was sein darf, was den Schmerz erst gedeihen lässt. -

Im Raum herrschte Stille. Kalte Nachtluft zog durch die Tür und blies Pablos Worte bis an das Ende der Schenke. Der Bursche sah Pablo direkt in die Augen.

- Sie hat dich verspottet, sie trank und tanzte mit je-
dermann. Wie konntest du das dulden? -

Und Pablo antwortete

- Ihr sprecht von Spott und Hohn, von gebrochenen
Herzen und Tollheit. Ihr erhebt euch über die Liebe,
wagt es zu urteilen und zu sprechen über Sein und
Nichtsein. Ihr fällt Urteil über den anderen, das eigene
Herz verschlossen. Ihr glaubt, ihr seid so sicher vor
Schmerz und Pein. Doch ich sage Euch, es gibt keinen
Schmerz, wenn die Liebe rein ist. Sie kann Euch nicht
verletzen, sie schmerzt nur den Schein Eures eigenen
Selbst. Den Schein, welcher sich Eurer bedient. -

Pablo trat Schweiß auf die Stirn. Eilig drehte er sich
um und lief hinaus. Die Männer blickten ihm nach,
schüttelten die Köpfe und spielten weiter Karten.


Pablo lief in die Nacht hinaus. Der Mond zeichnete
eine Sichel ins Schwarz und ließ den Himmel mit
seinen Sternen matt leuchten. Schnell schritt er durch
die wenigen Straßen, lief einen schmalen Hang hinauf
und setzte sich auf einen großen Stein. Vor ihm lag das
Dorf, hinter ihm Täler und Berge und zu seiner

Rechten konnte er das einst prächtig rote Haus erahnen.

Er verstand nicht, warum die Menschen anders empfanden als er und wieder zweifelte er tief und streng an sich selbst. Die Wärme der Liebe trug er noch immer im Herzen, doch zweifelte er nun auch daran. War es die Liebe, was er fühlte und woran er glaubte, oder war auch sie nur ein Schein eines Wunsches, der ihm sein Leben gewärmt hatte, ihm Schutz und Fülle gegeben oder ihm geholfen hatte, das Sein anzunehmen, wie es war?

Die Tage kamen und gingen und beinahe jede Nacht kam Pablo den Hang hinauf und starrte in die Nacht. Hier fand er Ruhe. Die Leute sprachen hinter seinem Rücken und nicht selten geriet der Sohn in eine Rauferei, um den Vater zu verteidigen. Eines Tages kam Claudius in den Stall.

- Pablo, du warst immer ein treuer Freund. Doch die Leute spotten. Wenn es nichts mehr zu spotten gibt, spotten sie über deine Nächsten und so auch über mich. Mein Geschäft läuft schlecht. Die Käufer bleiben fern. Du musst fort. -

Pablo nickte, küsste den Freund auf die Stirn und sprach

- Ich werde gehen, doch nimm' Julian mit in dein Haus. Er und deine Tochter sollten sich vermählen. Sie verlieben sich ineinander. -

Die beiden Alten blickten zu Julian, der betreten zu Boden sah. Claudius nickte langsam.

- Nun gut. Er ist ein anständiger Junge, er wird mir im Geschäft zur Hand gehen. Ich kann ihn wohl gebrauchen. -

Pablo küsste Julian und den Nachbarn ein letztes Mal die Stirn und trat mit einem Bündel auf der Schulter in die Nacht.

✿

Mit jedem Tag, den Pablo lief, wich der Zweifel aus seinem Herzen. Er fand zurück zu seinem Selbst und die Liebe zum Sein und Leben füllte ihn wieder, so wie das Wasser die Seen.

Die Jahre vergingen. Eines Tages, als der Schnee Pablo ins Tal trieb, sah er in der Ferne eine Gestalt. Sie riss die Arme nach oben und rannte auf ihn zu. Pablo öffnete die Knöpfe seines Mantels und ließ die Sonne seinen kalten Leib wärmen, während er wartete. Die Gestalt bekam schärfere Konturen. Ein muskulöser Bursche mit gestutztem, vollen Bart kam mit großen Schritten auf ihn zu. Es war Julian.

- Vater! - rief der Sohn und blieb vor Pablo stehen. Der Schweiß glänzte auf seiner Stirn, die vollen Backen waren rot und seine Stimme war tief und kräftig. Sie umarmten einander herzlich, als Julian sich plötzlich losriss.

- Vater, Mutter ist krank. Du musst kommen. -

Das Hospital stand abseits der Stadt. Es thronte zwischen kahlen, weißen Kronen der Bäume, von einem Schleier des Wehklagens überzogen. Menschen standen weinend und betend in den Gärten, umgeben von Kälte und Hoffnungslosigkeit.

Pablo betrat das Zimmer von Louisa. Sie lag in einem Bett am Fenster, die Sonne schien ihr ins Gesicht. Tiefe Furchen sah Pablo in ihren hohlen Wangen, das einst volle, glänzende Haar war grau und lag matt zwischen den Kissen. Als Louisa ihren Kopf zu Pablo drehte und sich ihre Blicke trafen, spürte Pablo die Liebe tiefer denn je. Sie war rein, leicht und wärmte seine steifen Glieder.

Pablo griff nach ihren Händen. Louisa berührte kurz seine Finger und legte ihre Hände dann in die Seinen.

- Du bist hier. - flüsterte sie und lächelte.

Pablo setzte sich zu ihr.

- Ich bin immer bei dir. -

Louisa seufzte

- Selbst jetzt, wo alle Schönheit von mir gegangen ist, sprichst du wie damals, als ich dich verlassen habe, um dem Schein des schillernden Lebens zu folgen. -

- Sei nicht so streng mit dir. - entgegnete Pablo. Er drückte ihre Hände.

- Ich weiß nicht, was gewesen wäre, hätte ich nicht immer deine Liebe in mir gespürt. Sie hat mir durch die vielen Täler von Tränen und Trauer geholfen. Sie war immer da, diese Wärme, die ich so verflucht und so gebraucht habe. -

In Louisas Augen glitzerten die Tränen.

- Ich habe versucht, dich zu hassen, um dem Schmerz zu entkommen. Der Schmerz, der mich heimsuchte, als ich dich wieder und wieder verließ, um dem Glanz der Welt nachzujagen, um mich in ihm zu verlieren. -

Louisa hustete. Das Blut in ihrem Speichel ließ Pablo wissen, wie es um sie stand.

- Nun bin ich alt und krank. - sprach sie weiter.

- Schönheit und Glanz liegen draußen vor den Toren der Stadt und haben mich verlassen, für immer. Ich habe mich selbst aufgegeben für etwas, von dem nichts geblieben ist. Ich habe mich gegen die Liebe gewehrt, weil ich ihr nicht vertraute. Ich vertraute nicht darauf, dass Glück so einfach ist, dass Glück in mir ist. Ich vertraute dem Leben nicht. Kannst du das glauben? -

Sie blickten einander lange in die Augen. Pablo wusste, dass sie bei ihm angekommen war. Er lächelte, die Sonne wärmte seinen Nacken, die Liebe heilte ihre Wunden.

So kam es, dass Louisa ein wenig genesen konnte. Pablo spürte, dass sie bald von ihm gehen würde, doch er klagte nicht. Er genoss das Sein, wenn sie gemeinsam in den Gärten saßen und den Schnee in der Sonne schmelzen sahen.

- Woher wusstest du, dass die Liebe siegen würde? -

fragte Louisa einmal und Pablo antwortete

- Die Liebe siegt nicht. Sie ist das Einzige, was übrig bleibt, weil sie schon immer da war und immer da sein wird. -

Louisa griff nach seiner Hand. Pablo berührte kurz ihre Finger und legte seine Hand dann in die Ihre.